KB095829

저 너머엔 다른 꽃이 필까

다정히 엿보다, 구례 그림 에세이

저 너머엔
다른 꽃이 필까

현윤애 그림 _ 박수현 글

르네상스

태어나 쉰이 넘도록 내내 살던 서울을 떠나 구례로 왔다. 그리 망설이지도 않았다. 왜 그랬을까? 아마도 서울에서 살 만큼 살아보았기에 아쉬울 것도 후회할 것도 없다는 마음이 앞섰던 것 같다. 그저 여행 떠나듯, 낯선 곳에서 만날 새로운 세상을 그리며 발걸음 가볍게 구례로 왔다. 그리고 십 년 넘게 이곳에서 잔잔히 살고 있다.

일상이 지루하고 재미없다 싶으면 무작정 떠나고 보던 시절이 있었다. 흔들리는 마음의 중심을 잡을 수 있을까 하여, 혹은 새 친구가 될 누군가가 기다리고 있을 것만 같아서. 그렇게 막연한 기대감을 안고 성큼 길을 나서곤 했다. 낯선 곳, 낯선 이들 틈에서 느낀 외로움은 좋은 추억으로 남았다. 여행지에서 만난 세상은 기대한 것보다 더 넓고 다채로웠다. 하지만 어디라도 시간이 흘러 익숙해지고 나서 보면 다 비슷했다. 결국 사람 사는 곳 다 거기서 거기구나 싶었다. 그럴 즈음이면 다시 제자리로 돌아가 열심히 살아갈 힘이 생겨났다. 차츰 뜸해지긴 했지만 그렇게 훌쩍 떠났다 돌아오는 여행을 나는 꽤 오래 되풀이했다. 이곳 구례에 오기 전까지는.

　여기 구례에서 나의 몸과 마음은 자연의 흐름에 따라 움직인다. 봄가을에는 부지런히 오가고, 여름에는 좀 게으르고, 겨울에는 동면하다시피 살아간다. 예전에 없던 여러 가지 취미도 생겼다. 맑고 파란 하늘에 뜬 흰 구름이 지리산에 드리운 그림자 바라보기. 시골 역답게 호젓한 느낌 물씬 자아내는 구례구역에서 아무 생각 없이 앉아있기. 섬진강 둑길 따라 노래 부르며 산책하기. 둘이 나란히 서면 서로 어깨가 닿는 좁은 골목길 느리게 걷기. 구례 오일장 서는 날 단골집 돌아다니며 수다 떨기. 부러 시간 내어 우체국까지 걸어가 소포나 손편지 보내기. 봄이면 산 아래부터 올라가는 신록과 가을이면 산 위에서 내려오는 단풍 열심히 챙겨 보기……

언젠가부터 집을 나설 때 가방 안에 작은 스케치북과 펜을 챙겨 넣었다. 스쳐 지나기에는 아쉬운 풍경과 순간들이 많았다. 돌아보면, 문득 새로운 모습으로 눈에 들어오는 자연과 뒤늦게 맺은 소중한 인연들과의 시간이었다. 낯선 곳에 발을 디딘 나를 위로해 준 고마운 자연과 정다운 이웃들을 오래 잊지 않도록 그림으로 붙잡아 두고 싶었다.

　　나는 이제 굳이 재미를 찾아 이곳저곳 기웃거리지 않는다. 재충전을 바라고 어디론가 떠나지 않아도 괜찮다. 그냥 지금, 이 순간이 넉넉하다. 여기서 묵묵히 살아갈 수 있을 것 같다.

2024년 5월, 구례에서

차 례

떠나자 하니

그런 날이, 그런 순간이 있다.

문득 지금 이곳이 몹시도 익숙하여 멍해지는 순간,

흘러가는 일상을 망연히

바라보게 되는 순간,

늘 걷던 자리에서 어쩐지

길을 잃은 것만 같은 때가 있다.

여기가 아니라면,

저 너머 어디라면 어떨까……

간절해지는 순간들이 있다.

이루어지지 않아서, 이루어지기 힘들 것 같아서

더 간절해지는 순간들.

닿을 수 없는 곳에,

닿을 수 없는 마음에, 결국

가서 닿기를 간절히 바라게 되는

나날들이 있다.

본 적 없는 사람과

마을과

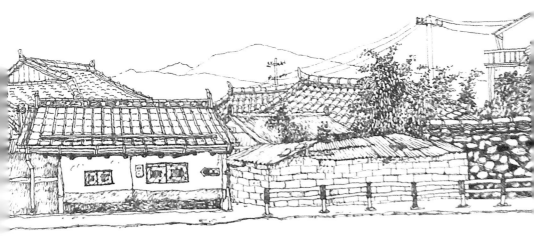

꽃과 나무가

사무치게 그리워지는 순간이 있다.

희미하던 것들이 선명하게 살아나고,

또렷하던 것들이 희미하게 옅어지기도 한다.

그리고……

문득 눈에 들어오는 것들이 있다.

늘 그 자리에 있었으나 오랫동안 저 홀로,

나 홀로 지내오던 것들.

그것들과 홀연 눈 마주치면

자연스레 떠오르는 곳이 있다.

걸음이 먼저 알아 길을 잡아주는 곳.

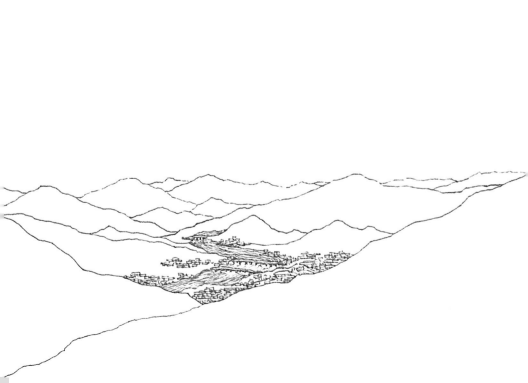

어쩌면 비슷할지도 모르지만,

어쩌면 크게 다르지 않을 테지만,

새것처럼 새삼스럽게 다가올 것들이,

향기가,

마음이……

있을 그곳.

그곳으로 가자,

발길이 이끄는 그곳으로.

거기 어디쯤 있을 새로움을 찾아,

왠지 오래전부터 나를 기다렸던 것만 같은

따뜻함을 찾아,

언제나 푸른 공기 가득할 것 같은 그곳으로,

겨울에도 꽃이 필 것 같은 그곳으로,

52

저녁 내음 풍길 그곳으로,

가자!

길 위 에 서

시간을 뚫고 다른 공간에 닿는 것은

단순한 이동이 아니다.

다른 역사, 다른 생에 발을 딛는 일.

낯선 곳의 초입에 오도카니 앉아

같은 자리에서 같은 곳을 응시했을 누군가에게

가만히 인사를 건넨다.

낯설어도 설레는 건

저 너머에서 만날 새로움 때문일 것이다.

그것이 비록 오래되었을지라도

길 위에서는 다 새로우니.

지금 이방인의 걸음으로 가만히 기웃거리는 건 그래도 '삶'이다.

여럿이 함께 오래 걸어서 이 길을 낸 이들의 삶.

낡고 해진 틈바구니에 나도 모르게 추억을 새겨 넣게 만드는 길 위의 삶.

해 뜨고 지고 비 내리고 눈 쌓였을,

그러고 보니 누구에게나 펼쳐지는 그런 삶.

웃고 울고 때마다 밥 냄새 피어오르는 다름 아닌 삶.

다른 풍경,

닮은 삶.

다르고도 닮은 길 위에서

걸음은 저절로 느리다.

취향이어도, 취향이 아니어도

마음은 뜻밖으로 기껍다.

Good!

느릴수록 가벼워지는 걸음을 살며시 멈추는 건

거기서만 보이는 것들이 있기 때문.

길 위에서만 보이는 것들.

꽉 찬 줄 알았던 내 안의 순전한 빈자리와

비우고 나서야 내다보이는 세계.

소소하고 자잘한 쓸모들이 차곡차곡 모여 이뤄내는 따스함과

쓰임새가 달라도

나란히 엮어주는

곰삭은 시간.

함께 출발해도 함께 다다르기는 어려운 것이 길동무.

어쩌면 그것이 진리.

같은 얼굴로도 표정은 나날이 다른 것.

어쩌면 그것이 삶.

청춘을 단장하던 젊음들……

오래, 나란히 걸어와

서로의 청춘을 증거하는

어느 길 위의 속도.

넌지시 발을 맞추면 이야기를 내밀 것만 같은 다정한 속도.

어떤 이정표는 구석진 자리에 있다.

한날한시에 와글와글 웃음꽃 피던,

무심히 걷던 어느 발길 한 번은 멈추게 되는,

어느 길 위에나 있기 마련인 그런 곳에.

그리하여 길 위의 시간은 모두 향긋한 추억이 된다.

누군가에게 새로운 이정표가 될 추억.

걸음마다 눈길마다 추억이 되니

길 위의 시간은 곧 오롯한 선물이다.

낯익어도 새롭기만 한,

오래 간직하고 싶은 선물.

일상과 비일상이 교차하는 길목이 환하기도, 화사하기도 한 것은

때로 앉고 서는 그 자리에서 피어나는 것들이 있기 때문.

길 위에 서고서야 비로소 발견하는

　일상이 피워내는 꽃.

꿋꿋이 삶의 자리를 가꿔온 이의

잔잔한 눈길을 마주하다.

누구에게나 시간은 쌓이고 쌓이는 것.

차곡차곡한 당신의 생애가 건네는 것을 받아 들다.

자연산 능이버섯
1Kg = 130,000

기다리되 묵묵할 것.

언제든 말끔히 가볍도록 묵묵할 것.

116

먼눈으로도 곁눈으로도

소중하다면 끝내 지킬 것.

살아가게 하는 것들에서 손 놓지 말 것.

119

120

어쩌면 삶이란 서로 다르지 않은 것.

저마다 마주하는 풍경이 달라도,

123

저마다 응시하는 시선이 달라도……

결국,

닮은 삶.

길 위에서 만나는 다름없는 삶.

집 으로

어쩌면 길의 끝은 없다. 끝나지 않는다, 길은.

외길은 또 다른 외길을 낳고 오르막은 곧 내리막이기도 하니.

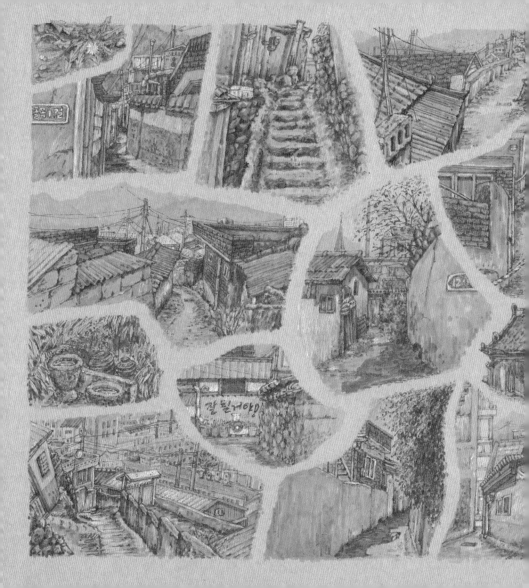

깃들여 살아가는 모든 것들 사이에

길이 있다.

돌아서면 알게 된다.

떠나온 길의 끝은 돌아가는 길의 시작이기도 한 것을.

돌아가는 길목마다 주렁주렁한 것들이 비로소 눈에 들어온다.

배웅하고 마중하는 걸음들이 길게 다진 길.

그래서 집 앞의 길들은 더 단단하다.

어떤 길은 제게서 나가 제게로 돌아와 스스로를 감싸고,

어떤 길은

맨 끝 집이 품은 빛으로 이끈다.

가만히 바라보면 알게 된다.

길섶에 머물러 자리 잡은 건 모두

저마다의 집인 것을.

그 길을 되밟아 돌아가는 길에는 그래서 숨어있던,

숨은 줄도 몰랐던 것들이 말을 걸기도 한다.

150

한꺼번에 터져 나와 손을 내밀기도 한다,

벅차도록 환하게.

그렇게,

꿈결 같은 길 위에 마음 하나 놓아두고 돌아간다.

익숙한 길 위로, 일상으로……,

집으로 간다.

태어나 중학교를 졸업하기까지 16년 동안 구례에서 살며 나는 늘 고향 구례를 벗어날 꿈을 꾸었다. 더 멀고 더 넓은 곳으로 가고 싶었다. 구례구역에서 기차를 타면 산이 첩첩 둘러싼 조그맣고 조용하기만 한 땅을 떠나 이제껏 보지 못한 공간과 사람들, 그리고 완전히 새롭고 멋진 공기를 만날 수 있을 것만 같았다. 그래서 떠났다. 떠나서 오랫동안 다른 곳을 떠돌았다. 여기저기 거처는 있었지만, 나고 자란 고향의 집만이 '집'이었으므로 떠돈 게 맞다.

알고 보니 몹시 벗어나고 싶어 안달이던 그 고향과 집을 믿고 나는 떠난 거였다. 이따금 돌아와 온전히 머물다 갈 집이 있어서 배짱 좋게 낯선 길에 성큼 오른 거였다. 구례라는 집. 그래서 긴 여행 같기도, 쉼 없는 도전 같기도 한 바깥에서의 삶을 내려놓고 돌아온 것은 당연하고 자연스러운 순서였다.

멀고 넓은 세상의 온갖 맛을 일일이 찍어 먹고 돌아다닌 뒤에 다시 돌아와 보니 구례는 여전히 조그맣고 조용하지만, 완전히 새롭고 멋진 곳이었다. 어려서 눈을 멀리 두느라 미처 몰랐던 풍경과 모습이 새삼스럽게 다가왔고, 때마침 그것들을 포착한 현윤애 선생님의 그림을 만났다. 익숙하면서 새롭고 낯설지만 다정한 구례의 모습을 섬세하게 담아낸 그림에 눈길이 오래 머물렀다. 오래 한자리를 지켜왔는데 너무 오래 거기에만 있어서 오히려 무심했던 골목과 집과 사람들이 그림 속에 오롯이 살아있었다.

　　내가 한사코 벗어나려 애쓰던 곳을 먼 데서 온 어떤 이가 아끼는 마음으로 매만지며 다니니 신기하고 고마웠다. 그사이 바래기도 없어지기도 해서 그림으로 붙잡지 않았다면 다시는 보지 못할 형상과 얼굴도 여럿이니 고마울 수밖에 없었다.

그렇게 현윤애 선생님은 새로 찾아들고 나는 다시 돌아온 구례의 어느 길이 맺어준 인연으로 이 작업을 함께 하게 되었다. 어디나 그렇듯 구례는 누구에게는 고향이고 누구에게는 여행지일 것이다. 누구에게는 집이고 누구에게는 길일 것이다.

어느 집, 어느 길이든 결국 다르지 않을 것이다. 집 나서면 길이고 길 끝에는 집이 있으니까. 그림 속 집에서 집으로 이어지는 여러 갈래 길이 우리 삶의 여정만 같은데 내 글솜씨로는 충분히 담아내지 못했다. 그래도 흘러가는 일상 속에서 길을 잃은 것만 같은 어느 마음에 가 닿기를 바라본다.

2024년 초여름, 구례에서

박 수 현

저 너머엔
다른 꽃이 필까

그림 현윤애 | 글 박수현

초판 1쇄 펴냄 2024년 06월 10일

펴낸곳 도서출판 르네상스 | 펴낸이 박종암
출판등록 제2020-000003호
주소 전라남도 구례군 구례읍 학교길 106, 201호
전화 061-783-2751 | 팩스 031-629-5347 | 전자우편 rene411@naver.com

책임편집 김태희 | 디자인 아르떼203
함께하는 곳 두성피앤엘, 월드페이퍼, 도서유통 천리마

ISBN 979-11-93880-01-2 02810